Wolfgang Baumbast

ES ZIEMT SICH NICHT SICH SELBST ZU LIEBEN

Erzählung

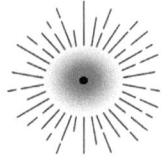

Möge die Lektüre dieses Buches alle Leser und
Leserinnen animieren, das alte Menschheitstabu:
„Es ziemt sich nicht, sich selbst zu lieben"
zu überwinden und die Liebe zu sich selbst in voller Größe zur Entfaltung zu bringen.

Wolfgang Baumbast

OBWOHL

... alle von der Liebe sprachen und man schon alles über sie wusste, war die Zeit, in die Jan Nikolas Lovas hineingeboren wurde, eine lieblose Zeit. Wie immer, wenn ein Thema die Gazetten beherrscht und wenn Bücher damit gefüllt werden, ist dies ein Zeichen dafür, dass man um etwas ringt, was noch nicht verinnerlicht worden ist. Wer spricht schon über Selbstverständliches? Wer zerbricht sich den Kopf über Etwas, das in uns allen klar und vollkommen natürlich lebt und waltet? Niemand. Darum kann man mit Fug und Recht behaupten, dass in jener Zeit, als so viel über Liebe geforscht, geredet, geschrieben und gedichtet wurde, die Liebe gerade nicht gelebt worden war. Die Menschen sehnten sich zwar nach ihr, rangen um sie, eiferten sich über sie, aber sie waren nicht von ihr durchdrungen.

Darum war diese Zeit eine lieblose.

Wenn man von einem Mann spricht, der dereinst zur Liebe fähig werden sollte, wie kaum Einer vor ihm, dann möchte man meinen, dass auch seine Eltern einander in tiefer Liebe zugetan sein mussten. Aber weit gefehlt: sie stritten und sie zankten sich und Jan Nikolas erlebte eine traurige Kindheit. Jan Nikolas Vater, der seidene Abb Lovas, stellte den Frauen nach und seine Mutter Sophie Lovas war ein schmalbrüstiges und herrschsüchtiges Weib; ein schwieriges Paar also.

Abb Lovas hatte immer wieder seine Koffer gepackt und das Weite gesucht. Sophie stand dann regelmäßig mit dem kleinen Jan Nikolas, der schmächtigen Smelda und dem verschüchterten Jasper in der Türöffnung einer billigen Dachkammer, jagte irgendeine Geliebte ihres Mannes aus dem ungemachten Bett und zwang Abb, mit ihr und den drei Kindern nach Hause zurückzukehren. Jan Nikolas musste schon früh erfahren, wie es sich anfühlte, verlassen zu werden. Er spürte jedes Mal einen schneidenden Schmerz in sich, wenn Vater die abgewetzten Koffer packte - er erlebte es an den Reaktionen seiner zänkischen Mutter, die wütend und keifend hinter Abb Lovas her war und er erkannte es in den entgeisterten Mienen der macht- und rechtlosen Frauen, die sein Vater mit verlorenem Blick

verließ, um wieder zu Sophie nach Hause zurückzukehren. In solchen Verhältnissen wuchs Jan Nikolas also auf.

Wie man jedoch zuerst die Sehne spannen
muss, um einen Pfeil abzuschießen, wie man den
Arm weit nach hinten legen muss, um den Speer
zu werfen, so ist es manchmal notwendig, zuerst in
die Gegenrichtung zu gehen, wenn ein Ziel erreicht
werden soll. Jan Nikolas war so weit von der Liebe
entfernt, wie man nur sein kann. Es herrschte Streit
und Zank um ihn, Missgunst und Neid und Ränke.
Doch wenn sich die Sehnsucht einmal regt, wenn
sie heimlich und stetig zu wachsen beginnt, dann
ist sie nicht mehr zu halten. Aus frostiger Erde und
dunkler Nacht wuchs die Sehnsucht von Jan Nikolas heran und wurde, seltsam wie so vieles, was
wir nicht verstehen, so stark und mächtig, als ob
sie im Sud der Urmeere ihre Heimat gehabt hätte.
Sehnsucht wird nicht in der Wärme gezeugt und
dann am helllichten, sonnendurchfluteten Tag geboren – nein, sie kommt in der Nacht zur Welt und
die hartgefrorene Erde ist ihr Nährboden. So stand
es um Jan Nikolas, als er sich auf den Weg machte,
um das Wesen der Liebe zu erlernen, wie es zuvor
noch keinem gelungen war. Doch bis dahin war es
noch ein weiter Weg.

ER FÜHLTE

... sich in seinem Verlangen, Liebe zu erfahren und schenken zu dürfen, zu Abana hingezogen. Vielleicht deshalb, weil gerade ihr das fehlte, was einen liebenden Menschen ausmacht. In ihr war, durch all die leidvollen Erfahrungen, die ein Kind machen muss, wenn es eines von mehreren ist und davon das Unscheinbarste, die Gabe abgestorben, warmherzig empfinden zu können.

Wenn viele Menschen eng beieinander leben und sich daher zügeln und zurückhalten müssen, weil sie nicht genügend Raum haben, um sich zu entfalten, dann verkümmern viele ihrer guten und schlechten Anlagen. Allen Mechanismen zum Trotz drängen etliche der unterdrückten Bedürfnisse an irgendwelchen schwachen Stellen an die Oberfläche und verlangen nach ihrem Recht. Und so gibt es in jeder Familie ein Mitglied, auf das alle stolz sind, weil ihm alles gelingt und sich in ihm all das Gute zu vereinen scheint, was sich über Generationen hinweg entwickeln und entfalten konnte. So aber gibt es auch diese armen Wesen, die stellvertretend für alle anderen die schlechten Anteile auf sich ziehen und unweigerlich bis an ihr Ende als die schwarzen Schafe ihrer Familien gelten.

Diese Wesen mögen alles mögliche versuchen – das Stigma werden sie nicht abstreifen können. Wer wollte ihnen diese Bürde auch freiwillig abnehmen?

Jan Nikolas näherte sich also in all seiner Liebe jener Frau, die im tiefsten Herzen unschuldig und rein, und doch zugleich das schwere Los der Sonderung zugedacht bekommen hatte. Er sah in Abanas Herz und erblickte darin ihre Not. Ihn überkam großes Mitleid. Ach könnte er ihr doch beistehen und sie erretten! Also führte Jan Nikolas sie fort und nahm sie zu sich. Sie war ihm dankbar und wollte ihm eine gute Frau sein, aber bald ergriffen Eifersucht und Zweifel von ihr Besitz. Was sollte gerade er an ihr finden? Es gab so viele schöne und liebenswürdige Frauen und es gab viele, die Jan Nikolas anhimmelten. Er hätte sie alle haben können. Was also hatte ihn bewogen, ausgerechnet sie zu erwählen? Sie zweifelte und war misstrauisch. Wenn er mit anderen Frauen sprach und so manche sich dabei an seine Schulter lehnten, ihm die Wangen küssten oder ihm Blicke hinterherwarfen, konnte sie ihre Eifersucht nicht mehr zügeln. Sie begann, sich mit ihm zu streiten und zu zanken. Und Jan Nikolas hörte auf, sich in Abanas Gegenwart mit anderen Menschen zu treffen. Er ging alleine fort. Sie warf ihm vor, er liebe sie nicht, er kümmere sich nur um andere und sie werde vernachlässigt. Geduldig hörte sich Jan Nikolas Abanas Vorwürfe an und verdoppelte seine Anstrengungen, ihr ein liebevoller Partner zu sein. Er machte ihr Geschenke, er liebkoste sie, traf aber in ihr auf einen Menschen, der unfähig war, sich über seine Gaben zu freuen, Zärtlichkeiten anzunehmen oder gar zu erwidern. Trotzdem glaubte Jan Nikolas an die verwandelnde Kraft der Liebe. Er war sich sicher, dass es nur eine Frage der Zeit sei, bis seine Bemühungen Früchte tragen und dann auch neue Lebensfreude in ihr erwachen würde. Aber zu stark war das Bild in Abanas Seele eingebrannt, ein Sonderling, ein unscheinbarer Mensch zu sein, nicht wert, geliebt zu werden und dazu verdammt, alle unerwünschten Eigenschaften magisch anzuziehen. In allem, was ihr widerfuhr, fühlte sie sich bestätigt. Und je mehr Jan Nikolas sich bemühte, je edler, hilfsbereiter und liebenswürdiger er sich zeigte, desto schlechter fühlte sich Abana. All seine Mühen verkehrten sich in das Gegenteil dessen, was er anstrebte. Abana wurde immer weniger fähig, Zuneigung zu empfinden und sie fühlte sich umso minderwertiger, je mehr er sich anstrengte. Sie versank in einem Sumpf von Traurigkeit, sie verspürte diese alte Daseinsschuld, die einen allein schon deshalb zu verdammen schien, weil man überhaupt geboren worden war. Unentrinnbar saßen sie in einer Falle, aus der es keinen Ausweg gab. Jan Nikolas glaubte so sehr an die Kraft der Liebe, dass er unter keinen Umständen bereit gewesen wäre, von seinem Plan abzulassen, Abana zu retten. Aber gerade das trieb einen immer tieferen Keil zwischen die beiden. Jan Nikolas sollte noch viel lernen müssen, bis er, der sich als großer Liebender empfand, erkannte, dass er seinem eigenen Hochmut auf den Leim gegangen war. Und so sind nicht immer die Guten die wahrhaft Edlen. Nein, im Gegenteil, ein Zuviel davon schadet manchmal mehr, als es hilft. Beide Seiten verlieren dadurch, weil es in Gut und Schlecht aufteilt, in Hilfsbereit und Hilfsbedürftig, in Stark und Schwach und jedem seine Rolle zuweist, die der eine nicht verlassen will und der andere nicht verlassen kann. Und so drifteten Jan Nikolas und Abana schließlich auseinander und verloren sich. Eines Tages war sie

nicht mehr da. Abana hatte sich einer Sekte zuge-
wandt, die ihr die Erlösung von ihrem Leid ver-
hieß, sofern sie sich dieser Glaubensgemeinschaft
anschließen würde.

IN SEINER LIEBE

... wandte sich Jan Nikolas daraufhin jenen zu, die versuchten, die Natur zu retten und die schlimmsten Umweltschäden zu verhindern. Er schloss sich den Schützern und Bewahrern an, die sich aufmachten, Wilderern, Raubrittern und all den anderen skrupellosen Ausbeutern das Handwerk zu legen. Er begleitete sie bei ihren Schiffsmanövern, um Wale zu retten, er stürmte mit ihnen Sandbänke, um das alljährliche Robbenmorden anzuprangern, er durchstreifte mit ihnen Reservate, um den Abschuss von Tigern zu verhindern. Doch auch hier kam der Moment, da er erkennen musste, dass viele seiner Weggefährten die Natur und den Schutz von Tieren über das Wohl von Menschen stellten. Ja, es gab nicht wenige, die verachteten ihre eigenen Artgenossen und sahen in ihnen nur den Wolf, das Raubtier, das man notfalls bekämpfen musste. Nein, das war nicht der

Ruf, dem er eigentlich folgen wollte, denn mehr als ein Natur- und ein Tierfreund war er ein noch viel größerer Menschenfreund.

Jan Nikolas Lovas hatte auf seinen Reisen bittere Not und erbärmliches Elend gesehen und es ergriff ihn großes Mitleid mit den Hungernden und Notleidenden dieser Welt. Ihnen wollte er helfen. Es verschlug ihn deshalb in jene Gegenden, in denen es den Menschen am Notwendigsten fehlte. Er half Schulen zu bauen und Brunnen zu bohren. Doch was musste er erleben? Die Schulen wurden von wilden Banden zerstört und die Bewässerungsgräben zerfielen, sobald sich niemand mehr um ihre Wartung kümmerte.

Als er nach all seinem Suchen und Helfen, nach der harten Arbeit und Plackerei erkannte, dass auch hier seine Mühen vergebens waren, haderte er mit sich und der Welt. Er bereute es, all die staubigen und dornigen Wege gegangen zu sein, weil sie ihn nicht ans Ziel geführt hatten. Wo hatte sich denn etwas zum Besseren gewandt? Nirgends! Enttäuscht und vergrämt stand er da, denn jeder Sinn war ihm abhandengekommen. Er fühlte sich leer und ausgebrannt. Sein Innerstes war nach diesem langen und doch vergeblichen Kampf so wund und zerschlissen, als ob man ihn gehäutet hätte. Eine bleischwere Erschöpfung legte sich über ihn und er verlor seine Pläne und Ziele, seine Illusionen und Träume. Und so schritt er hinaus in die Abendsonne, ging an den verrotteten Bewässerungsanlagen entlang, vorbei an den verdorrten Feldern und setzte sich unter einen hohen Akazienbaum.

AN JENEM TAG

... als Nikolas Lovas sich an den rauen Stamm der mächtigen Akazie lehnte und dem Löwen ins Auge blickte, als er dessen faulen Atem roch und den feinen Lufthauch des peitschenden Schwanzes spürte, an jenem Tag starb er. Nikolas ergab sich in sein Schicksal. Er legte alles ab, wovor er sich fürchtete, worauf er hoffte und was er begehrte. Er wünschte sich nichts mehr, weder den Tod noch das Leben, weder Zukunft noch wehmütige Erinnerung. Alles glitt von ihm ab, was ihn sich lebendig fühlen ließ, was ihn vorangetrieben hatte. Weder die Entbehrungen seiner Kindheit noch die vagen Versprechen einer verheißungsvollen Zeit waren von Bedeutung. Ohne Wasser, ohne Kleidung, bar jeglicher Sehnsüchte, Träume und Vermächtnisse lehnte er an diesem borkigen Stamm und hörte auf, Jan Nikolas Lovas zu sein.

Sein Wesen, all das, als was er sich empfand, löste sich auf, wurde zu Lehm, zu Staub, wurde gelb, zerfiel, rieselte zu Boden und verschmolz mit dem unendlichen Sand dieser Einöde.

Jan Nikolas spürte und fühlte, wie alles zerfloss und sich verflüchtigte und dennoch blieb etwas erhalten. Etwas Unzerstörbares, Klares, Erfahrbares. Selbst wenn der Löwe ihn in diesem Moment in Stücke zerrissen und verschlungen hätte, es hätte überlebt. Und als der Löwe sich trollte, wusste Jan Nikolas um etwas, das so gewiss nur jemand weiß, der wie er an jener Schwelle gestanden hatte.

Jan Nikolas sah sich um. Alles, was er war, was er je an Gütern, an Träumen und Bildern besaß, lag in Trümmern. Es war ihm nichts geblieben. Nackt und bloß wie ein Säugling lag er da. Er hatte nicht einmal mehr einen Namen, an den er sich erinnern konnte. Er fühlte, wie die Schmerzen nachließen und schließlich ganz verschwanden. Sein Leib, der zuvor noch inwendig gebrannt hatte, als wäre ein Kamm oder ein Rechen mit scharfen, spitzen Zinken kreuz und quer hindurchgezogen worden, hörte auf zu glühen und seine Wunden begannen, sich zu schließen.

Er fühlte sich gut, er fühlte sich frei, denn er war ein Nichts, ein Niemand ohne Namen, ohne Vergangenheit und ohne Hoffnung, die nach Erfüllung verlangte. Es gab keine Schuld, die drückte und keine Enttäuschung, denn auch die letzte Täuschung hatte sämtliche Hüllen fallen lassen. Jan Nikolas war nur noch müde, so unendlich müde. Wenn er überhaupt einen Wunsch verspürte, dann den, einfach einzuschlafen und nicht mehr aufzuwachen. Er war sogar zu schwach, eine Schlinge zu knüpfen, eine Klinge zu schärfen oder den Weg zum nächsten Fluss zu gehen.

An diese Schwelle kommt so mancher, doch nicht jeder überschreitet sie. Jan Nikolas war wohl auch zu müde, diese letzte Hürde zu nehmen und so lag er drei Tage und drei Nächte am Fuße dieser Schwelle und schaute abwechselnd auf diese und auf jene Seite. In der dritten Nacht zeigte sich ihm endlich der Hüter der Schwelle. Dieser gab ihm zu trinken und wies ihm den Weg.

„Suche dir einen neuen Namen und werde diesem Namen gerecht", sagte er zum Abschied.

Nikolas konnte nichts damit anfangen, aber er kam allmählich zu sich. Er erwachte aus jenem tiefen Schlaf und er fing an, sich zu begreifen.

Es war alles ganz, es war alles heil, selbst an seinen Schläfen war kein neues graues Haar hinzugekommen, noch ausgefallen.

„Suche dir einen neuen Namen und werde diesem Namen gerecht", hatte der Hüter der Schwelle ihm aufgetragen. „Das muss wohl bedacht werden", sagte sich Jan Nikolas. Er setzte sich hin und begann, darüber nachzusinnen.

Eine mächtige Sprache stieg in ihm auf. Er rezitierte unverständliche Verse und Silben mit solch gewaltiger Inbrunst und Kraft, dass es schien, als ob tonnenschwere, aus sprödem Zinn und geschmeidigem Kupfer gegossene Glocken in Schwingung geraten seien und mit immer dichter aufeinander folgenden Schlägen einen bebenden und brodelnden Klangteppich über die ganze Umgebung legen würden. Wie das Geraune von Göttern erscholl es aus Tiefen, die weit jenseits eines irdischen Zentrums lagen.

Jan Nikolas Lovas fiel erneut in einen tiefen Schlaf. Er träumte von Frauen in himmelbauen Gewändern. Sie wurden durchsichtig und schienen sich schließlich in blauen Dunst zu verwandeln und aufzulösen. Die Gestalten flossen ineinander und wurden eins. Hell und klar und so weit wie der Himmel und so tief wie der Ozean stand ihm nun dieses eine Wesen gegenüber. Der Blick, die Augen, er verlor sich darin, er versank, er fand sich weich gebettet, fühlte sich geborgen und umhüllt in einem Meer von Güte und Liebe. Dankbarkeit floss und floss und floss und füllte einen goldenen Kelch. Sie sickerte überall hin und verschloss Spalten und Risse, heilte Narben und Wunden, durchdrang schwere Lasten und ließ sie entschweben. Gewichtiges stieg auf, Leichtes sank nieder, eins schied sich vom anderen. Lauteres von Unlauterem. Trübes von Klarem. In dieses helle Blau mischte sich schließlich zartes Rosa, die Farben flossen ineinander, verbanden sich. Das Wesen in Blau bewegte sich auf Nikolas zu: die beiden verschmolzen in aufloderndem Purpur und wurden eins. Als Nikolas erwachte, waren Augen und Wangen nass und seine Tränen wollten nicht aufhören zu fließen. Und er beschloss, sich fortan Agap zu nennen.

AUS DER BEZIEHUNG

... mit Abana war eine Tochter hervorgegangen. Als sie Agap eines Tages verließ, hatte Abana auch Ila mit sich fortgenommen. Mit ihr hatte Agap seinen größten Schatz verloren. Oft fragte er sich vor dem Einschlafen, wie es Ila wohl gehen würde. Egal, wo immer sie auch sein mochte, er schickte ihr seine ganze Liebe hinterher. Eines Nachts erschien sie ihm im Traum.

„Es geht mir gut ...", erklärte Ila ihm, „und ich danke dir für deine Liebe, die du mir täglich schickst. Davon möchte ich dir heute etwas zurückgeben. Nimm nun deine ganze Liebe, die du zu mir empfindest, nimm sie und gieße sie über dich selber aus."

Agap war verwundert über diese Weisung, doch er tat, was sie ihn geheißen hatte. Er nahm die übergroße Liebe, die er in diesem Moment seiner Tochter Ila gegenüber empfand und goss sie über sich selbst aus. Zumindest versuchte er es. Doch es gelang ihm nicht. Woher kam auf einmal dieser Skrupel, der ihn daran hinderte, sich selbst mindestens genauso viel Liebe zuzuwenden, wie er sie gegenüber Ila aufbrachte? Er spürte den großen Widerstand, der es ihm verwehrte, sich selbst zu lieben.

Agap war erschüttert. Das also war seine ganze Tragik! In seinem Bemühen, andere zu lieben, hatte er darob sich selbst vergessen. Er hatte alle Menschen in seine Liebe eingeschlossen, nur nicht sich selbst. Und so musste er wohl zunächst Abana und dann auch Ila verlieren, um das zu erkennen.

„Wie kann ich mich minder lieben, als das, was mir am Liebsten auf der Welt ist?"

Er brauchte lange, um sich zu finden. Wie will man die Liebe leben, wenn man sich selbst davon ausnimmt? Und so musste Agap einen zweiten, einen dritten, ja gar einen vierten Anlauf nehmen, bis er es schließlich schaffte, diesen Strom der Liebe, mit dem er Ila stets überhäufte, auf sich zu lenken. In diesem Moment jedoch, da es ihm gelang, die ganze Liebe in einem Horn zu sammeln und es über sich selbst auszukippen, floss der Tau der Liebe vom Kopf über den Hals, in die Brust und schließlich in sein Herz. Er empfand nicht nur Liebe, sondern er war – in – ihr. Wie in einem Meer konnte er darin baden. Es gab kein Innen und kein Außen, kein Ich und kein Du. Er fühlte sich eins mit der gesamten Schöpfung, mit dem Kosmos, mit dem Ursprung.

Agap wunderte sich, dass sich kein euphorisches Glücksgefühl einstellen wollte, aber das, was er empfand, war noch viel besser und nachhaltiger. Für diesen Zustand vermochte er nur ein einziges Wort zu finden: Wonne. Pure Wonne. Er zerfloss in dieser stillen und allumfassenden Liebe, die kein Sehnen nach einem nahen oder fernen Du kannte. Keine Liebessehnsucht, kein Verlangen, kein Bedürfnis nach Nähe oder eines ineinander Verschmelzens schwang mehr mit. Ein glucksendes Lachen, wie wir es von Babys kennen, die sich wohl und geborgen fühlen, stieg aus seinem Bauchraum auf und ließ zur Wonne noch die reine Freude über das Leben und das Dasein in Agaps Brust hochsteigen. Das Lachen breitete sich aus, es kullerte bis zum Hals und bis zu den Augen hinauf und ließ sie vergnügt und liebevoll in die Welt hineinblicken.

Es wurde zu Agaps täglicher Übung, zunächst in Licht und Liebe an Ila zu denken und dann an all die Vielen, denen er innig zugetan war. Immer feuriger und heißer wurden die Wellen, die in diesen Momenten in seiner Brust wogten. Auf dem Höhepunkt seiner Ekstase, wenn keine Steigerung mehr möglich war, ließ er quellende Fontänen aus goldenem Licht und zartem Rosa über sein Haupt herunter regnen. Alle Bahnen und Organe wurden geflutet und mit feuriger Kraft und Energie durchdrungen, die fast unerträglich war.

Er probierte immer wieder andere Varianten aus. Wandelte hier oder dort etwas ab, achtete darauf, gelegentlich aufkommende Widerstände nicht zu bekämpfen, sondern sie zuzulassen und so zu überwinden. Seine Übungen gelangen ihm nicht jeden Tag gleich gut. Aber er wurde zunehmend erprobter in seinem Tun. Auf diese Weise wurde er im Laufe der Zeit ein vollkommener Liebender, ein Meister. Er durfte nun endlich daran denken, andere Menschen in der Kunst der Liebe zu unterweisen.

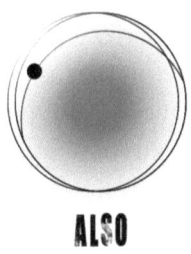

ALSO

... machte er sich auf den Weg und brachte zu den Mühseligen und Beladenen das, woran es ihnen am meisten mangelte: Die Liebe zu Anderen, aber vor allem zu sich selbst.

„Macht es euch bequem und versucht zu entspannen. Lasst den Atem kommen und gehen, kommen und gehen ...", so begann er meistens mit seinen Unterweisungen.

„Schließt die Augen und versucht, ein Gefühl der Dankbarkeit in euch wach zu rufen. Denkt einfach an etwas, das euch mit Stolz, mit Rührung und Genugtuung erfüllt. Dinge eben, die euch nach bangem Hoffen geglückt oder überraschend zugefallen sind. Sucht verschiedene Situationen, ruft alle Momente des Triumphes und des Jubels in euer Gedächtnis. Lasst immer wieder ein Gefühl tief empfundener Freude und Dankbarkeit in euch aufsteigen, denn die Schwingung der Dankbarkeit ist der Frequenz der Liebe am Nächsten. Es wird euch nämlich besser gelingen, eure Liebe zu erwecken und vollständig zur Entfaltung zu bringen, wenn ihr zuvor schon mit eurer Dankbarkeit ein hohes Niveau erreicht habt. So wird der großartigen Liebe der Weg geebnet und vorbereitet.

Verweilt eine Zeitlang in diesem Gefühl der Dankbarkeit, erforscht eure Erinnerungen und beschenkt euch aufs Neue mit allen bisher erlebten Freuden und seid dankbar dafür. Macht dies so lange, bis ihr euch schließlich bereit fühlt, von diesem Plateau aus die nächste Stufe zu erklimmen. Nun denkt an jemanden, den ihr sehr liebt oder versetzt euch in eine Situation, in der ihr sehr verliebt wart. Das Gefühl der Liebe sollte immer stärker und glühender werden. Versucht die Liebe im Herzen zu schüren, bis euer ganzes Innerstes in Flammen steht.

Wer zuvor schon zu tiefer Dankbarkeit fähig war, wird sich nun auch leichter in die mächtigen Höhen der Liebe hinaufschwingen können. Lasst nicht nach in euren Bemühungen, sondern denkt an das Schönste, an das Edelste, an das Erhabenste und lasst eure Brust anschwellen, bis sie vor Liebe, vor Sehnsucht, vor Freude und tiefer Inbrunst erglüht.

Wenn ihr nun das Gefühl habt, die Liebe könne nicht mehr weiter gesteigert werden, dann kommt der wichtigste und schwierigste Augenblick. Nun dürft ihr all die Liebe, die ihr in diesem Augenblick für andere Menschen empfinden mögt, in ein Horn füllen und über euch selbst ausgießen. All diese Liebe sollt ihr nun euch selbst schenken. Das wird euch jedoch womöglich sehr schwerfallen, weil ihr dabei an eine starke Tabugrenze stoßt.

Es war uns stets verboten, eigensüchtige Selbstliebe zu entfalten und nun sollen wir das auf einmal tun? Ja genau: das sollt ihr tun! Wer diese Hürde, diese Blockade überwindet, macht sich ein übermächtiges Geschenk. Er nimmt sich an. Er liebt sich selbst, so wie er bisher nur bereit war, einen anderen zu lieben. Das ist eine zutiefst beglückende Erfahrung. Versagt sie euch nicht. Tut, was ich von euch verlange, denn wie wollt ihr zur vollkommenen Liebe fähig sein, wenn ihr sie nicht für euch selbst zu empfinden vermögt? Ihr liebt euch nicht zu viel, sondern zu wenig. Es dürfte keiner unter euch sein, der deshalb plötzlich von der Hybris befallen wird, allmächtig und unverwundbar zu sein.

Ihr seid es jetzt nicht und werdet es auch danach nicht sein. Deshalb empfehle ich euch: Wenn ihr eure Übung beendet, solltet ihr, ehe ihr diese heilige Stätte verlasst, eure weit geöffneten und deshalb verwundbaren Herzen sorgfältig verschließen."

Nachdem Agap so gesprochen hatte, war Stille eingekehrt. Nun aber begannen ein paar Wenige zu weinen. Sie konnten nicht mehr aufhören und schüttelten sich unter schwerem Schluchzen, denn so hatten sie die Liebe noch nie erfahren. Blockaden lösten sich, Wunden heilten, Narben verschwanden auf wundersame Weise und die Herzen wurden von hellem Licht erfüllt.

Dann fuhr Agap weiter fort:
„Auf dem Höhepunkt der Meditationsübung, also dann, wenn ihr euch all die Liebe geschenkt habt, zu der ihr fähig seid, werdet ihr auch in der Lage sein, jenen Menschen zu verzeihen, die euch schlimmes Unrecht angetan haben. Tut das, verzeiht ihnen aus diesem eurem Herzen, welches gerade so sehr von Liebe durchdrungen ist, dass euch nichts mehr verbittern oder schaden kann. Ihr werdet sehen, dass tiefer Friede in euch einkehrt, denn nur in einem solchen Moment der wahren

Stärke ist es möglich, wirklich und wahrhaftig zu verzeihen und zu vergeben.

Diese Meditationsübung solltet ihr regelmäßig wiederholen. Ändert sie immer wieder ab, versucht mit neuen Bildern, Empfindungen und Vorstellungen zu arbeiten und ihr werdet sehen, dass es euch immer besser gelingt, in tiefer Liebe und Freude zu schwingen."

So versuchte Agap die Menschen in der rechten Liebe zu unterweisen. Doch er musste von Mal zu Mal erleben, dass so gut wie niemand diese Übung meistern konnte. Auch nach vielen Versuchen nicht, denn es lag ein großes Tabu über diesem Geheimnis. Seit jeher war es keinem erlaubt, sich wichtiger zu nehmen, als jemand anderen. Es geziemte sich einfach nicht, sich selbst zu lieben. Agap hatte es an sich selbst erfahren müssen. Auch ihn hatte dieses uralte Tabu lange daran gehindert, sich selbst in seine Liebe mit einzubeziehen.

Agap hatte nun diese Schranke durchbrochen. Er hatte das Tabu gebrochen, hatte sich ihm widersetzt. Trotz dieses Frevels war ihm nichts geschehen. Im Gegenteil: Er fand den Weg zur allumfassenden Liebe, die niemanden ausschließt, am Wenigsten sich selbst. Doch wie man inzwischen weiß, sollte es noch lange dauern, bis dieses große Menschheitstabu erste Risse bekam und schließlich überwunden werden konnte.

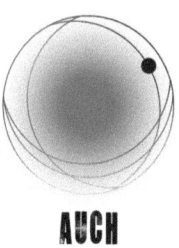

AUCH

... der schönen Sora gelang diese Übung nicht. Obwohl sie von tiefer Liebe zu Agap ergriffen war, konnte sie diese nicht auf sich selbst übertragen.

Das Tabu, sich nur ja nicht selbst lieben zu dürfen, hatte sich tief in die Seelen der Menschen hineingefressen und so lastete es auch schwer auf ihrem Herzen. Wie alle anderen suchte Sora deshalb die Liebe im Außen, anstatt in sich selbst. So war es nicht verwunderlich, dass ihre ganze Zuneigung nur Agap galt. Auch Agap fand Gefallen an Sora. Obschon er sich vorgenommen hatte, sich keiner Frau mehr zu nähern, ließ er sich in einem unbedachten Moment auf sie ein. Das war nicht klug von ihm, denn daraus entwickelte sich eine komplizierte Liebesgeschichte und er fühlte sich plötzlich wieder an seine unguten Erfahrung mit Abana erinnert.

Sora entwickelte Begehrlichkeiten. Es genügte ihr nicht mehr nur Gefährtin und Schülerin zu sein. Sie wäre gerne Agaps Gemahlin geworden. Doch dieses Ansinnen wies Agap weit von sich. Nein, er wollte seine Freiheit nicht aufgeben. Immer wieder versuchte Sora, ihn zu Zugeständnissen zu bewegen. Sie war bereit, alles für ihn zu tun. Sie war ihm eine wunderbare Geliebte und Agap erlebte mit ihr die höchsten Gipfel der Erotik. Sie besorgte ihm den Haushalt und kochte ihm die leckersten Gerichte. Agap blieb jedoch trotz seiner Liebe zu ihr standhaft. Immer wieder verstrickten sich die Beiden deshalb aufs Neue in endlose Diskussionen.

Wenn sie ihn nach dem gemeinsamen Liebesspiel fragte, ob er sie mehr lieben würde, als alle anderen, antwortete er stets:

„Na ja, ich kann nicht behaupten, dass ich dich mehr liebe als alle anderen zuvor, aber sei gewiss: ich liebe dich mehr, als du je von einem anderen geliebt wurdest. Liebe ist für mich kein Akt von Mensch zu Mensch, von Mann zu Frau, sondern eine Haltung. Meine Liebe gehört daher Niemandem exklusiv. Auch dir nicht. Wie könnte ich vor allen anderen dich allein nur lieben, da ich doch in der Liebe bin? Deshalb sollst du mich nie mehr fragen, ob ich dich liebe, denn du bist stets in meine Liebe eingehüllt."

„Dann liebst du andere Menschen ebenso wie mich?" wollte sie wissen.

„Ja", sagte er. Diese Antwort behagte ihr nicht, gekränkt und schmollend wandte sie sich ab.

Agap wollte es nur ungern zugeben, aber Soras Reiz übte trotz alledem eine große Wirkung auf ihn aus. Er dachte deshalb viel über das Wesen der Liebe zwischen Mann und Frau nach. Er kehrte in Gedanken zu Abana zurück. Er sann darüber nach, weshalb sie nicht miteinander glücklich geworden waren.

Es hatte einfach nicht in seiner Macht gelegen, sie glücklich zu machen. Nur sie selber konnte das Glück in sich finden. Um Sora stand es nicht anders. Er konnte ihr das Glück nicht schenken, nach dem sie ständig auf der Suche war. Deshalb wandte er sich bei passender Gelegenheit an sie:

„Was empfinde ich? Warum empfinde ich so? Was hast du, was ich nicht habe? Weshalb brauche ich dich, um vollkommener zu sein? Deine Schönheit, dein Lachen, dein Mutwillen, deine Leidenschaft, deine Jugend, deine Unbeschwertheit ...?

Wegen all dieser Dinge begehre ich dich. In den leeren Nächten und an den unruhigen Tagen, in denen du nicht hier bist, suche ich nach dir. Ich bin inzwischen ein alter Mann, deshalb fühle ich mich zu dir und deiner Jugend hingezogen.

Du hast ganz andere Bedürfnisse. Wir fühlen unterschiedlich, meinen jedoch, der andere empfinde ebenso. Das ist ein Irrtum. Du weißt nicht, was ich in dir suche und auch finde, denn unter all jenen geheimen Sehnsüchten, die du mir stillst, leide nur ich. Wenn du mein Verlangen stillst, ist es mein Glück und nicht das deine. Umgekehrt gilt das Gleiche: woher soll ich deinen Mangel nachempfinden können, da nur du ihn hast und nicht ich? Ich bin wie ich bin und wenn du dadurch dem begegnest, was du suchst und brauchst, dann soll es so sein und dich beglücken. Bestimmt es der Zufall, dass wir beide uns mit unseren Gaben und Talenten gleichermaßen bereichern und befriedigen können? Dann geht es uns gut damit, ansonsten beginnt einer von beiden unter dem Ungleichgewicht zu leiden. Ich kann dir nicht geben, was du brauchst, denn woher soll ich wissen, was es ist? Ich kann nur so sein, wie ich bin. Daran kannst du genesen, sofern es dir hilft, auf diese Weise zu deiner Ganzheit zu finden.

Denn wisse, in uns ist das Grausame und das Erhabene, das Hässliche und das Schöne, das Genie und der Wahnsinn, das Triebhafte und das Edle, das Schreckliche und das Betörende angelegt. Wie wollen wir das alles ordnen und zügeln, wie wollen wir alle unsere zwiespältigen Anlagen freudvoll und friedfertig leben? Wir können es nicht. Deshalb verdrängen wir, deshalb suchen und finden wir es im anderen, wenn wir nicht stark genug sind, uns selbst damit zu konfrontieren. So lange wir mit uns nicht in Frieden leben ist der andere unser Feind und so lange wir noch nicht sind wie sie, sehen wir in den Helden und den Berühmtheiten unsere Götter. Und doch ist auch alles dein wahres Eigentum. Wenn du mich also liebst, weil in mir die Liebe wohnt, dann hast du etwas gefunden, das bald dir gehören wird. Ich bin mir gewiss, dass es die reine und wahre Liebe ist, die dich zu mir hinzieht. Sie steht hinter allem und deshalb auch hinter mir. Ich bin dein Spiegel und dein Schatten und deshalb wirst du durch mich erlöst."

Sora hörte Agaps Worte wohl, doch sie verstand sie nicht.

„Warum kannst du mir nicht einfach sagen, dass du mich liebst?" wollte sie wissen.

„Weil für mich das Wort Liebe zu bedeutend und doch gleichzeitig zu wenig präzise ist", erklärte Agap. „So wie die Eskimos mehr als 50 verschiedene Begriffe für Schnee verwenden, so unterscheide ich mindestens ebenso viele Spielarten der Liebe. Ich kann sagen, ich begehre dich oder ich brauche dich oder ich bewundere dich. Das Wort Liebe ist für mich jedoch dem letzten großen Schritt vorbehalten, der Liebe zu allem, was lebt und ist. Sie ist kein Akt, sondern eine Haltung. Sie ist nicht begrenzbar auf eine Person. Wie die Sonne scheint sie ohne Unterschied über Gerechte und Ungerechte. Wie die Wolke, wenn sie voll und schwer am Himmel hängt, kann auch ich nicht die Liebe zurückhalten. Sie regnet über alle herab. Ich habe mehr davon, als du je ertragen kannst. Dennoch habe ich dich vor allen anderen erkoren. Ich schaue dich gerne an, denn dein Wuchs ist edel, ich unterhalte mich wunderbar mit dir, denn dein Geist ist wach und rege, ich schmiege mich fest an dich, denn bei dir fühle ich mich wohl, ich höre dir aufmerksam zu, denn was du sagst, ist stets durchdacht, ich schenke dir meine Geheimnisse, denn ich weiß sie bei dir gut aufgehoben und da fragst du mich, ob ich dich liebe? Nein, ich werde nicht sagen, dass ich dich brauche, denn ich habe von allem genügend, ich werde nicht sagen, dass ich ohne dich nicht leben kann, denn es würde nicht stimmen, ich werde nicht sagen, dass du die Einzige für mich bist, denn es gibt so viele, die meiner bedürfen und derer ich bedarf, um meine Liebe leben zu können. Diejenigen, die am Bedürftigsten sind, werden von ihr mehr bekommen, als du, die du schon so reich beschenkt worden bist.

Wenn es dir nicht darum geht, wieviel Liebe du bekommst, sondern welcher Art diese Liebe ist, dann lass dir sagen, dass sie in dem Maße reicher und schöner sein wird, als du damit umgehen kannst. Je mehr du selbst zur umfassenden Liebe fähig sein wirst, umso tiefer und voller, umso schwerer wird die Liebe zwischen uns tönen. Schlägt bei der Liebe zu anderen Menschen nur eine Saite an, so erklingt bei meiner Liebe zu dir ein ganzer Akkord ...

Ich kenne dich inzwischen besser, als du dich selbst. Ich weiß, was dich berührt, was dich erfreut, dich erregt. Und so kann ich dich mit Worten und Gesten, mit Düften und Melodien verzaubern. Ich schenke dir unruhige Nächte voll schmerzhafter Sehnsucht und sie werden von Träumen, Visionen und Empfindungen so dicht angefüllt sein, dass du meinst, ich sei bei dir. Trauer und Sehnsucht, Freude und Schmerz und, über allem schwebend, die Liebe werden dich ergreifen.

Sie werden dich erschüttern und erbeben lassen. Wellen durchfluten dein Innerstes und du wirst der Verzweiflung nahe sein, weil sich die Erfüllung trotz allem nicht einstellen will. Dein Leib wird inwendig zu glühen beginnen. Er wird sich auf die wahrhaftige Liebe, die dich erwartet, vorbereiten, denn sonst würdest du es nicht aushalten. Und so lass geschehen, was geschieht, lass in dir die Liebe zu mir lodern und brennen – sie ist nur ein Vorgeschmack der großen allumfassenden Liebe, die du in Wirklichkeit suchst und finden wirst, sobald du reif dazu bist ...“

Doch Sora war noch nicht reif dafür. Dass Agap sich weiterhin unter Frauen und Männer mischte und ihnen den Pfad der Liebe weisen wollte, kränkte sie tief. Es hatte sich nämlich herumgesprochen, dass er ein kluger und weiser Mann sei. Die Menschen kamen zu ihm, um ihm zuzuhören und ihn um seinen Rat zu bitten. Er ging dazu über, nicht mehr nur über die Liebe zu reden, sondern auch über das rechte Wünschen und das Wesen der Dankbarkeit. Er erzählte ihnen dazu folgendes Gleichnis:

DER MEISTER DER ERFÜLLUNG

... und es war einer unter ihnen, der hieß Ong Na. Er sehnte sich danach, alle Menschen glücklich zu machen. Daher war es ihm gegeben, sämtliche Wünsche zu erfüllen. Und so versenkte sich Ong Na in die Herzen der Menschen und erfühlte deren verborgensten Geheimnisse, denn er war ein großer Meister des Mitgefühls und der Erfüllung. All ihre Ängste wurden die seinen, alle Träume, Wünsche und Begierden teilten sich ihm mit und er versuchte, sie zu stillen. Wie die gute Fee im Märchen machte er Träume wahr, erfüllte Wünsche, stillte Begierden, war nicht er selbst, sondern ihr Schatten, ihr Geliebter und Wohltäter. Er nahm alles willig auf sich und war ihr Diener und Erfüllungsgehilfe, ihr Werkzeug und Vollstrecker.

Dies erwies sich jedoch alles andere als segensreich. Im Gegenteil: So viele Wünsche die Menschen hegten, so viele wurden ihnen auch erfüllt ohne dass sich je Zufriedenheit und wohlige Sättigung einstellte. Der Meister der Erfüllung erkannte wohl, wie viel, oder vielmehr, wie wenig Erfolg ihm beschieden war, denn sein Wunsch, alle glücklich zu machen, verfehlte das Ziel. Dennoch ließ er nicht ab, Wünsche zu erfüllen, Träume Wirklichkeit werden zu lassen und Begierden immer wieder aufs Neue zu stillen.

So wurde der Segen schließlich zum Fluch

Jeder weiß, wie lange es dauert, bis ein Fluch sich auflöst. Sieben mal sieben jener Jahre, da ihnen erfüllt wurde, was immer sie begehrten, dauerte die Zeit, in der die Menschen dahindämmerten, unfähig einen Traum zu verfolgen, einer Regung Ausdruck zu verleihen, triebhaftes Begehren zuzulassen. Über alles legte sich Agonie, bis auch das letzte matte Glühen stiller Sehnsucht erlosch. Und auch Ong Na, der Meister der Erfüllung verlor den Wunsch, Gutes zu tun und übte sich in Demut und Bescheidenheit. Es gab nichts mehr zu tun, als über die Agonie zu wachen, die nun einkehrte. In diesem unseligen Zustand begann Ong Na, darüber nachzusinnen, warum es ihm nicht gelungen war, von all den Menschen, denen er die geheimsten Regungen abgelauscht hatte, auch nur einen einzigen glücklich gemacht zu haben. Es mag, so erkannte er schließlich, daran liegen, dass er wohl ein Meister der Erfüllung ist, sie aber keineswegs Meister des Wünschens. Er werde, so beschloss er, sich einen Meister des Wünschens suchen müssen. Der Meister der Erfüllung begann also zu suchen und es dauerte nicht lange, bis ihm diejenige begegnete, die er zu finden hoffte. Eigentlich dauerte die Suche nur einen Augenblick, denn der Meister der Erfüllung traf unmittelbar auf Na Ong, die Meisterin des Wünschens. Welch vornehmeres Paar will sich je begegnen? Beide fanden im anderen den Teil, der ihnen fehlte. Und so begannen der Meister der Erfüllung Ong Na und die Meisterin des Wünschens Na Ong, neue Welten zu schaffen. Die Meisterin des Wünschens dachte sich die ausgefallensten Dinge aus und der Meister der Erfüllung gefiel sich darin, alles sofort auszuführen. Es war ein fröhliches, ein wildes, ein ekstatisches Treiben. Sie steigerten sich in einen Rausch aus Schaffenskraft und Ideenreichtum. So entstanden neue Universen und der gesamte Kosmos musste sich immer weiter ausdehnen, um all die neue Vielfalt fassen zu können. Und es würde, so hieß es, niemanden geben, der diesen Vorgang je zu stoppen vermag.

Was will uns dieses Gleichnis sagen? Es sind mehrere Dinge und ich will sie der Reihe nach nennen. Geben ist seliger denn nehmen, scheint sich dieser Ong Na zu denken und so will er seine Seligkeit darin finden, diesem Wort zu gehorchen und zu geben, was er zu geben hat. Er erlangt große Meisterschaft, denn er ist voll Mitgefühl. Also geht er her und gibt – er gibt alles, was er hat, was er kann und was er ist. Er verströmt und verliert sich. Doch er wird nicht glücklich dadurch. Weshalb? Er kann niemanden zufriedenstellen. Im Gegenteil: die Menschen spüren, dass ihre Wünsche wohl in Erfüllung gehen, sich aber bedrohlich gegen sie selbst wenden, denn sie haben nie gelernt, sich das Richtige zu wünschen. So hören sie schließlich auf, Wünsche wahrzunehmen, Träumen nachzuhängen und Begierden aufkommen zu lassen. Aber auch Ong Na beginnt, trübsinnig zu werden, jedoch findet er eine Lösung. Er wendet sich jener zu, welche die wahre Kunst des Wünschens beherrscht: Na Ong, die Meisterin des Wünschens, denn in ihrer beider Fähigkeit ergänzen sie sich. Sie schaffen neue Welten, umkreisen sich gegenseitig – ein vollendetes Paar.

DIE KUNST ZU WÜNSCHEN

Von Ong Na und seinen Begabungen haben wir schon einiges erfahren. Wie sieht es jedoch mit Na Ongs Talenten aus, mit ihrer vollendeten Meisterschaft, sich das Richtige zu wünschen? Was unterscheidet sie von den anderen? Darüber will ich nun berichten. Ich will euch von der Kunst des Wünschens erzählen:

Glaubt mir, es ist leichter, Wünsche zu erfüllen, als einen einzigen wohlfeilen Wunsch in der Brust zu tragen, denn man braucht dazu ein reines Herz. Wer sich das Paradies wünscht, muss es kennen. Ich sage euch, es gibt keinen unter euch, der das Paradies kennt. So seid ihr nicht fähig, das Paradies zu finden. Genauso könnt ihr den Göttern nicht begegnen, weil ihr nicht an sie glaubt. Deshalb will ich euch nicht vom Paradies erzählen und auch nicht von den Göttern, denn ihr habt euch zu weit von beidem entfernt und es würde nichts nützen. Weil ich aber eure Not sehe, will ich euch die Kunst des Wünschens lehren.

Es sind nicht die Dinge, die euch glücklich machen, sondern die Umstände. Deshalb wünscht euch günstige Umstände für euer Leben. Gesundheit, Wohlbefinden, Behaglichkeit, Sicherheit, friedfertige Menschen in eurer Umgebung, die Fähigkeit zu Mitgefühl und die Gabe, all eure Ängste zu überwinden. Das Schicksal geht unergründliche Wege und die Geschicke brauchen genügend Raum, um sinnvoll walten zu können. Diesen Raum vermögt ihr jedoch nicht zu schaffen, denn ihr habt enge Herzen, voll von Gier und Neid, den Feinden des Glücks. Also schafft Raum und macht eure Herzen weit, damit das Glück einziehen kann.

Bedenkt dabei jedoch folgendes: Wer sich etwas wünscht, wer sich nach Liebe, nach Glück, nach Zufriedenheit sehnt, der wird sich blindlings in die Richtung stürzen, in der er das vermutet, was er zu finden erhofft. Wie mit gekrümmtem Schild treibt ihr Wünsche und Hoffnungen vor euch her und erreicht doch nichts, denn wie will das Schicksal solche Hauben praller Begierde je durchdringen?

Das Glück ist nur jenen hold, die es würdig empfangen. Deshalb dankt dem Schicksal schon jetzt dafür, dass ihr bald glücklich und zufrieden sein werdet, dass die Umstände es gut mit euch meinen, denn dann wird sich alles auch so einstellen. Die Dankbarkeit gleicht einem leeren Kelch in den sich alles ergießt, was ihr immer auch braucht, um euren Durst zu stillen. Deshalb ist die Dankbarkeit der Schlüssel zu Glück und allem Wohl. Nur wenn ihr den gekrümmten Schild des Wollens und Begehrens umdreht und ihn zur Schale der Dankbarkeit werden lasst, findet das Glück seinen Platz in euch.

Die Liebe ist wie heißer Atem, der aus mächtig geschwollener Brust entweicht. Sie bringt uns von uns weg, hin zum anderen. Die Dankbarkeit führt uns hingegen wieder heim. In der Dankbarkeit atmen wir ein und wir können erneut die Brust in Liebe erbeben lassen, auf dass sie sich im Ausatmen wieder sanft verströmt. So ist die Dankbarkeit der passive Pol der Liebe. Sie ist Urgrund und Nährboden der Liebe, denn ohne Dankbarkeit ist niemand zu wirklicher Liebe, zu wahrem Glück und zu seliger Erfüllung fähig.

Lasst euch vom Atem eurer Lieben umwehen. Wenn ihr nicht offen dafür seid, kann kein Liebeshauch euer Herz je erreichen und es wohlig wärmen. Darum seid allzeit dankbar für das, was das Schicksal euch in seiner Güte je zuwenden wird und der Lohn wird nicht gering sein.

Und so ist Na Ong die Meisterin des Wünschens: Sie ist offen und neugierig wie ein kleines Kind, das alles begierig kennen lernen will. Sie hält alles für möglich, schließt nichts aus, denn wer nicht glaubt, dass es fremde Welten und Götter gibt, wird nie darüber hören und diese Schätze nie zu Gesicht bekommen. Wer weder das Mögliche noch das Unmögliche zu denken wagt, wird es nie erlangen.

Ist Ong Na, der Meister des Erfüllens auch ein Meister des Mitgefühls, so hat Na Ong, die Meisterin des Wünschens auch die Meisterschaft darin erlangt, sich zu freuen. Jeder Wunsch, der in Erfüllung gegangen ist, löst Freude und Entzücken bei ihr aus.

Ihr tiefstes Geheimnis ist es jedoch, gar nichts zu wünschen, sondern sich all dem zu öffnen, was noch nicht in Gestalt und Form erschaffen ist.

Sie erhebt dankbar und in großer Geste ihre Hände, formt sie zur Schale, zum gediegenen Kelch, wird dabei selbst zur Mulde und zum tiefen, weiten Tal in welches Ong Na, der Meister der Erfüllung, seine Gaben legt, auf dass die Quellen der Freude in diesem Tal zu sprudeln und zu fließen beginnen. Sie wird schließlich zur reinen Jungfrau, die, unbefleckt von eigenen Wünschen und Begierden, den Geist empfängt und so erst der Welt des Sichtbaren zur Geburt verhilft. Dies ist von tiefster mystischer Bedeutung und nicht jeder wird es begreifen können. Das ist auch nicht notwendig. Das einzige, worum ihr euch bemühen sollt, ist zu danken – und zwar auch für all das, was noch nicht geschaffen ist, denn erst die Dankbarkeit erschafft das Gefäß, den Schoß, in dem, geborgen und geschützt, all das heranwachsen kann, worum ihr bittet."

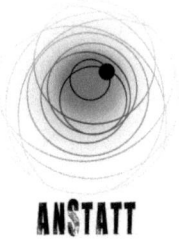

ANSTATT

... dankbar dafür zu sein, dass Agap ihr begegnet war, dass er sie zu seiner Gefährtin, zu seiner Geliebten und Schülerin erhoben hatte, überschüttete Sora ihn mit Vorwürfen. Sie war unzufrieden. Sie wollte ihn, der niemandes Besitz und Eigentum war, für sich allein beanspruchen und ihn nicht mit anderen teilen müssen.

„Ich soll nur dir allein gehören? Nein, das werde ich nicht!" erwiderte Agap, wenn sie wieder darauf zu sprechen kam.

„Du erwartest von mir, dass ich dich glücklich mache, indem ich dich zu meiner Gemahlin nehme? Das würde nicht gelingen. Ich kann dich nicht glücklich machen. Das kann niemand. Das kannst nur du selbst. Schau", sagte er, „wenn du dich selbst so lieben würdest, wie ich dich liebe, wärst du glücklich auch ohne meine Liebe, so aber bist du nicht glücklich – trotz all meiner Liebe."

All sein Reden fruchtete nichts. Sora hörte auf, seinen Weisungen zu folgen. Sie trotzte seinem Rat und wollte nur noch seine Geliebte und Gemahlin sein. Agap erkannte, dass dieser Wunsch hinderlich war. Wenn sie je den Pfad der allumfassenden Liebe, der Liebe zu allem, was ist, finden sollte, dann würde er sich von ihr trennen müssen. Schweren Herzens wandte er sich von ihr ab.

„Unsere Wege müssen sich jetzt scheiden", sagte er zu ihr. „Ich bin nicht derjenige, der dich glücklich machen kann, sondern derjenige, der dich daran hindert, dein Glück zu finden. So lange du hoffst, ich wäre das Ziel deiner Wünsche und Sehnsüchte, wirst du nicht dort suchen, wo du die Liebe wirklich finden wirst: in dir selbst."

Sora stand nun allein da. Ihr Lehrer hatte aufgehört, ihr Lehrer zu sein, ihr Geliebter war nicht mehr ihr Geliebter. Das stürzte sie in tiefe Verzweiflung und so suchte sie Rat bei anderen. Wen auch immer sie fragte, niemand konnte Agap verstehen.

„Wie konnte er nur so hart und lieblos gegen dich sein? Du hast doch so viel für ihn getan, hast dich aufgeopfert und nun das!"

Sie verstanden jedoch allesamt nichts von der Liebe, die manchmal unerbittlich sein muss. Sie hatten Mitleid mit ihr und versuchten, sie zu trösten.

„Du wirst einen anderen finden", sagten sie, obwohl sie wussten, dass es niemals mehr so einen wie Agap geben würde.

Sora fand keinen Trost. Niemand konnte ihr Leid mildern. Ihre Seele war wund, die Augen leergeweint und das Herz zerrissen. Und nirgends stand ein Akazienbaum, unter den sie sich hätte setzen können, um all ihre Wünsche und Sehnsüchte loszulassen. Unerbittlich hielt sie an ihnen fest, obwohl sie wusste, dass sie nie mehr in Erfüllung gehen würden. Agap war aus ihrem Leben verschwunden. Das machte sie sterbenskrank.

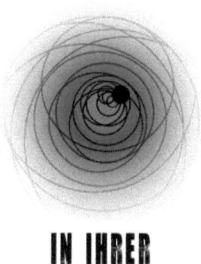

IN IHRER

... letzten Hoffnung wandte sie sich an den weisen Zeno und fragte ihn um Rat.

„Du musst zuallererst lernen, dem Entsetzlichen zuzustimmen", erklärte er Sora.

„Nur, wenn du dem Unabänderlichen zustimmst, wo und wie immer du ihm begegnest, wird dein Blick für Neues frei werden. Wie willst du je Neues beginnen, wenn du verzweifelt am Alten festhältst?"

„Aber ich will nichts Neues ...", erklärte Sora, „ich möchte Agap zurückgewinnen."

„Du hast ihn nie besessen und wirst ihn daher auch nicht zurückgewinnen können. Es gibt nichts, womit du ihn bewegen könntest, dich je wieder zu sich zu nehmen. Er braucht dich nicht. Er braucht niemanden, denn er ruht in sich selbst und bedarf keines Wesens, das ihm Gutes tut. Er ist mit dem reinen Ursprung verbunden. Er wird von ihm ernährt und mit allem versorgt, wessen er bedarf", erklärte Zeno.

„Was kannst du ihm bieten, was er nicht schon hat?"

Er sah allerdings ihre Not und so beschloss er, sie zu unterweisen.

„Es ist dein Ich, dein Ego, das dich so verzweifeln lässt. So lange dieses Ich die Oberhand behält, bist du gefangen in deinen kleinlichen und kindlichen Wünschen und Sehnsüchten. Ich werde dich jetzt lehren, wie du diese Wünsche und Sehnsüchte überwinden kannst. Mach es dir auf meiner Liegestatt bequem und achte auf das, was ich dir nun sagen werde."

Folgsam begab sich Sora zu Zenos Lager und richtete sich dort ein, sodass sie bequem zu liegen kam. Dann begann Zeno mit seinen Unterweisungen.

„Ich werde dich jetzt weg von deinem Ich, hin zu deinem wahren, zu deinem Höheren Selbst führen. Denn wisse: du hast zwar einen Körper, du bist aber nicht dein Körper. Achte auf ihn als deine Wohnstatt. Erhalte ihn gesund und gehe liebevoll mit ihm um. Er leistet dir nützliche Dienste, doch merke dir eines: selbst wenn er nicht mehr existiert, wirst du weiterleben.

Stelle dir nun vor, wie es sich anfühlt, keinen Körper mehr zu haben. Diese Sichtweise mag dir fremd vorkommen, doch in der Nacht, wenn sich deine Glieder im Schlaf von den Mühen des Tages erholen, verlässt dein Geist seine Hülle und streift umher. Deshalb brauchst du keine Angst zu haben, wenn ich dich nun bitte, so zu tun, als würdest du schlafen. Lass deinen Geist sich vom Leib lösen und über ihm schweben. Nimm dir genügend Zeit und spüre, wie sich das anfühlt. Du wirst schließlich bemerken, dass du auch ohne deinen Körper zurechtkommen kannst. Und so nimm die Erfahrung mit, dass du zwar einen Körper hast, aber dieser Körper nicht bist.

Nun kommen wir zum nächsten Schritt: zu deinen Gefühlen. Unter ihnen musst du gerade jetzt besonders leiden, denn du bist gekränkt und hast großen Liebeskummer. Das sind empfindliche Schmerzen, die du aushalten musst, denn Kränkungen lösen eine unaussprechliche Pein aus. So lange du dich jedoch in deinem Schmerz weidest, so lange du dich in Selbstmitleid bedauerst, wird diese Pein nicht enden. Auch hier gilt dasselbe wie mit deinem Körper: Du hast zwar Gefühle, aber diese Gefühle – das bist nicht du. Gefühle kommen und gehen. Sie sind launisch wie das Wetter.

Sonne und Wolken wechseln sich ab, aber der eigentliche Kern deines Wesens bleibt davon unberührt. Darum löse dich von all deinen Schmerzen und richte deine Aufmerksamkeit auf den Kern deines Wesens und du wirst feststellen: ja, es gibt ihn, diesen Kern. Er ist beständig und er ist fest gegründet. Auf ihn kannst du dich stützen und verlassen, auf deine Gefühle jedoch nicht. Deshalb sei dir dessen gewahr, dass du zwar Gefühle empfinden magst, aber dass du nicht das Gefühl bist, welches dich gerade heimsucht oder beglückt. Sobald du das erfahren und begriffen hast, wird es dir sehr schnell besser gehen.

Wenden wir uns jetzt dem nächsten Aspekt deines Wesens zu: dem Verstand. Für ihn gilt das Gleiche, wie für den Körper und die Gefühle. Du hast zwar einen Verstand, aber du bist nicht dieser Verstand. Du magst ihn zwar beherrschen und ihn zu gebrauchen wissen, aber gerade jetzt ist er dir kein besonders guter Ratgeber. Deine Gedanken drehen sich im Kreis. Sie ringen um eine Lösung. Du befindest dich in einer Krise. Aber man kann Probleme nicht mit denselben Methoden lösen wollen, mit denen man sie überhaupt erst geschaffen hat. Deshalb, liebe Sora, musst du die ausgetrampelten Pfade deines Verstandes verlassen und vollkommen neue Wege gehen. Trenne dich daher von deiner Verstandesebene. Löse dich von ihr, so wie du dich mental vom Körper und von deinen Gefühlen gelöst hast."

Zeno legte wieder eine Pause ein, um Sora Gelegenheit zu geben, seinen Worten zu folgen und die richtige geistige Haltung zu finden.

„Jetzt ist nur noch ein allerletzter Schritt zu bewältigen. Dein Ich, dein Ego, der Sitz deines Willens, deiner Sehnsüchte und Träume. Auch hier gilt: Du bist nicht dein Ich, dein Ego, sondern du hast ein Ego. Auch dieses ist wichtig. Mit seiner Hilfe bewältigst du deinen Alltag und entscheidest über die Dinge des täglichen Lebens. Aber bedenke: um Herr über dich selber zu werden, musst du auch dein Ego hinter dir lassen. Wenn dir das gelingt und du dich mental vom Körper, von deinen Gefühlen, vom Verstand und dem Ich lösen kannst, dann schwingst du dich zur Meisterin über diese vier Aspekte deines Wesens auf und kannst für sämtliche Situationen bessere und klügere Entscheidungen treffen, denn dann befindest du dich auf der Ebene deines Höheren Selbst."

„Oh Gott ...! Was sind das für Männer? Sie legen mir ständig irgendwelche Übungen auf und stellen mich vor Aufgaben, die kein Mensch bewältigen kann! Muss das sein? Geht das nicht einfacher?"

Sora war enttäuscht. Zeno hatte ihr auch nicht helfen können, denn es war ihr nicht gelungen, seine Anleitungen richtig auszuführen und jenen Zustand zu erreichen, den er Höheres Selbst nannte.

Zeno erkannte wohl, dass Sora Mühe hatte, seinen Weisungen zu folgen.

„Wie willst du diese Übungen denn auch auf Anhieb beherrschen, wenn du darin keine Erfahrung hast? Um ihre Vertiefung muss man sich beständig kümmern, denn nur so wirst du irgendwann zu deinem Seelenfrieden finden. Ich kann dir nichts Anderes empfehlen, als dich täglich darin zu üben. Du darfst gerne noch bei mir verweilen, denn es bedarf einer großen Beharrlichkeit, um ans Ziel zu gelangen und ich helfe dir dabei."

Sora aber lehnte ab. Sie verabschiedete sich von Zeno und zog sich mit ihrem Schmerz und ihrem Jammer in eine einsame Hütte zurück, in der sie still leiden wollte, bis irgendetwas oder irgendjemand sie von ihren Qualen erlösen würde.

Sie richtete sich in der einsamen Hütte ein und verbrachte dort Tage, Wochen und Monate, doch ihr Leid wurde nicht geringer. Die Schmerzen wollten nicht vergehen. Und so kam es, dass sich all das bewahrheitete, was ihr Agap einst über die Folgen ihrer Beziehung vorhergesagt hatte. Keiner konnte sie so verzaubern, sie in Begierde und Leidenschaft versetzen, wie er. Sie verzehrte sich in den einsamen Nächten nach ihm und ihr Leib glühte, aber sie fand keine Erfüllung.

Aus der Ferne jedoch wachte Agap weiter über sie. In seinen Meditationen richtete er seinen Geist immer wieder auf Sora aus. Er verband sich innig mit ihr und ließ sie an seinem kosmischen Melodienreigen und Farbenspiel teilhaben.

Nach vielen durchwachten und durchweinten Nächten begann Sora, sich erneut an den weisen Zeno und seine Worte zu erinnern. Schließlich fing sie an, zaghaft zu üben, sich von Körper, Gefühl und Verstand zu trennen. Zuerst versuchte sie, die enge Verbindung mit ihrem Leib zu lösen. Und tatsächlich: es gelang ihr mit der Zeit immer besser, sich geistig an andere Orte zu versetzen und zu Menschen hinzuspüren, die fern von ihr waren, derer sie sich jedoch gerne erinnerte.

„So muss es sich anfühlen, wenn ich einmal gestorben bin", dachte sie.

Schon bald begann die Angst und der Schrecken vor dem Tod von ihr zu weichen. Auch die allgegenwärtigen und drängenden Bedürfnisse ihres Körpers ließen allmählich nach. Ihr Leib wurde feinfühliger – gleichzeitig jedoch genügsamer.

Es fiel ihr hingegen wesentlich schwerer, sich von ihren Gefühlen zu distanzieren.

„Vielleicht mag es helfen, wenn ich Zenos Empfehlung beherzige und versuche, dem Entsetzlichen zuzustimmen?"

Und tatsächlich: in dem Moment, in dem sie mit ihrem Schicksal nicht mehr haderte, sondern es annahm und ihm zustimmte, verschwand nach und nach ihr ganzer Kummer und es kehrte Friede in ihrem Herzen ein. Schließlich gelang es ihr immer besser, sich von ihren Gefühlen und Regungen zu lösen. Sie empfand weder Schmerz noch Trauer noch Verzweiflung. Eine innere Ruhe breitete sich aus und auch die Gedanken hörten auf, sich im Kreis zu bewegen.

Als sie sich wieder einmal in ihre Übungen versenkt hatte und sich alle Sorgen und Nöte legten, wartete sie neugierig darauf, welche Regung sich einstellen würde oder welcher Gedanke sich aufdrängen wollte, aber weder Gefühle, noch Gedanken keimten in Sora auf und so konnte sie erstmals zu tiefer Entspannung und zu heiterer Gelassenheit finden. Ein vollkommen gedanken- und empfindungsfreier Raum öffnete sich. Auch die Zeit schien still zu stehen. Sie wusste kaum noch, wie lange sie in diesem kaum enden wollenden Augenblick verweilte, doch nun konnte sie intuitiv erfassen, was Agap und auch Zeno ihr vergeblich nahezubringen versucht hatten: Ein unsterblicher Wesenskern waltete hinter ihrer Existenz. Dessen konnte sie sich jetzt sicher sein.

Aber noch war sie nicht soweit, ihre sterbliche Hülle abzulegen. Neuer Lebensmut züngelte in ihr hoch. Dankbarkeit und Freude am Leben regten sich und so wartete noch diese eine letzte große Aufgabe auf sie, bevor sie sich dem Leben neu stellen konnte.

Tatsächlich: Es gelang ihr nach einigen Versuchen, wahrhaftig für die Fülle an Erfahrungen, die sie in all der Zeit machen durfte, dankbar zu sein. Vor allem für die Lehren und Unterweisungen, die sie von Agap und vom weisen Zeno erhalten hatte. Es waren keine Tränen der Verzweiflung mehr, die nun ihre Augen netzten. Es waren Tränen der Rührung und so schwang sie sich weiter auf, in inniger

Liebe an ihre Eltern und Geschwister zu denken und schließlich auch an Agap. Es war keine besitzergreifende Liebe mehr, sondern ein inniges, wohlwollendes und warmherziges Gefühl, das sie in diesem Moment für ihn empfand. Sie nahm die ganze Liebe zu ihren Eltern, zu ihren Geschwistern und zu Agap und füllte sie in ein Horn.

Dann nahm sie dieses Füllhorn, hielt es über ihren Kopf und goss es über sich aus.

Ein heißer Strom funkelnder Liebe regnete über ihr Haupt herab, rann den Hals hinunter, fand den Weg in ihre Brust und das Herz. Sämtliche Organe füllten sich, alle Sinne und Bahnen glühten – ihr ganzer Leib wurde geflutet und begann, in einem goldenen Schimmer freudig zu erstrahlen. Die Liebe zu sich selbst, sie hatte endlich ihren Weg gefunden. Die Flamme war entfacht. Keine Tabus und keine Schranken richteten sich mehr auf und wandten sich gegen sie. Die hohen Mauern waren eingestürzt und überwunden.

Sie sah Agap im Geiste vor sich, wie er sie mit Stolz und warmem Blick umfing. Einen Moment lang überlegte sie, zu ihm zu eilen, ihn wiedersehen zu wollen. Doch dann verwarf sie diesen Gedanken. So, wie sie ihn kannte, hätte er sicher zu ihr gesagt: „Du kennst nun die Liebe. Sie ist in dir. Gehe hin und bringe sie zu denjenigen Menschen, die noch fern von ihr sind."

Doch sie brauchte diesen Rat nicht, denn sie wusste nun von ganz allein, was sie zu besorgen hatte.

Impressum

Wolfgang Baumbast
Georg-Zoller-Str. 21
89584 Ehingen

baumbast.de
wolfgang@baumbast.de

Es ziemt sich nicht
sich selbst zu lieben
Erzählung

Cover und grafische Gestaltung:
Marion Hartlieb

Herstellung und Verlag:
BoD – Books on Demand, Norderstedt

ISBN: 978-3-7519-6900-0